伊索寓言繪本系列

金斧頭和銀斧頭

圖文：奧莉維雅·荷登

翻譯：薛慧儀

園丁文化

園丁文化

伊索寓言繪本系列
金斧頭和銀斧頭

圖　　文：奧莉維雅‧荷登
翻　　譯：薛慧儀
責任編輯：黃偲雅
美術設計：許鍩琳
出　　版：園丁文化
　　　　　香港英皇道 499 號北角工業大廈 18 樓
　　　　　電話：（852）2138 7998
　　　　　傳真：（852）2597 4003
　　　　　電郵：info@dreamupbooks.com.hk
發　　行：香港聯合書刊物流有限公司
　　　　　香港荃灣德士古道 220-248 號荃灣工業中心 16 樓
　　　　　電話：（852）2150 2100
　　　　　傳真：（852）2407 3062
　　　　　電郵：info@suplogistics.com.hk
印　　刷：中華商務彩色印刷有限公司
　　　　　香港新界大埔汀麗路 36 號
版　　次：二〇二二年十一月初版

© 2022 Ta Chien Publishing Co., Ltd
香港及澳門版權由臺灣企鵝創意出版有限公司授予

ISBN: 978-988-7658-34-4
© 2022 Dream Up Books
18/F, North Point Industrial Building, 499 King's Road, Hong Kong
Published in Hong Kong SAR, China
Printed in China

前言

《伊索寓言》相傳由古希臘人伊索創作，結集了來自世界各地的故事，約三百多篇。

《伊索寓言》對後代歐洲寓言的創作產生了重大的影響，不僅是西方寓言文學的典範，也是世界上流傳得最廣的經典作品之一。

《伊索寓言繪本系列》精心挑選了八則《伊索寓言》的經典故事。這些故事簡短生動，蘊含了深刻的道理，配以精緻細膩的插圖，以及簡單的思考問題，賞心悅目之餘，也可以啟發孩子和父母思考。

編者希望此套書可以給孩子真、善、美的引導，學習正確的待人處事方法。以此祝福所有孩子能擁有正能量的價值觀。

故事簡介

《金斧頭和銀斧頭》這個故事，告訴了人們說實話的重要性。

一名樵夫的斧頭掉進了湖裏，湖之守護者拿出了金斧頭、銀斧頭和木柄斧頭，樵夫誠實地回答他，於是得到了湖之守護者的獎勵。而另一名貪心的漁夫將漁網丟進湖裏，並告訴湖之守護者他掉的是金漁網。最終，他連本來的漁網都被沒收了。

有一個樵夫住在湖邊，那是一座最幽深、最漆黑的湖，湖水深得即使是世界上最高的巨人都踩不到底。

4

樵夫每天都會踏着湖面上的
踏腳石，到湖另一頭的森林去。

5

這天，樵夫正小心翼翼
地踩着湖上的踏腳石，幾隻
貪吃的鵝飛過來想要搶走他
的三明治！

在鵝發起攻擊之際，樵夫不小心掉了斧頭。

可憐的樵夫坐在湖邊，哭着說：「沒有了斧頭，我要怎麼砍柴呢？」

9

忽然之間，一個神奇的生物從深水中浮了起來。樵夫非常害怕，因為他從未見過像這樣的生物。

10

那個生物很美，身上半透明
的鱗片散發着珍珠光澤。

「我是這座湖的守護者，善良
的樵夫，別害怕，我會找到你遺失
的東西。」

於是湖之守護者從水中拿出一把純金做的斧頭，
問：「樵夫，這是你的斧頭嗎？」

樵夫搖搖頭，他知道那把美麗的金斧頭
不是他的。

於是，湖之守護者
又游到湖底。這次，他
拿出一把純銀的斧頭，
上頭裝飾着金銀珠寶。
　　「樵夫，這是你的
斧頭嗎？」
　　樵夫搖搖頭，他知
道這把鑲滿珠寶的銀斧
頭不是他的。

16

湖之守護者第三次潛入湖底。這一次，
他拿出了一把什麼裝飾都沒有的木柄斧頭。

「那就是我的斧頭！謝謝！喔，真是太
感謝了！」樵夫大喊。

「你是個誠實的樵夫，你沒有拿走金斧頭或銀斧頭，只取回真正屬於你的東西。因此我把這三把斧頭都給你，作為你的獎賞。」

隨着夕陽西沉，樵夫沿着山丘走回家，途中經過一座小鎮。

街上的人們全都盯着樵夫從湖裏帶回的寶物，目光裏充滿敬畏與困惑。

一個漁夫聽說了樵夫幸運的經歷，立刻迫不急待地
跑出小鎮，衝下山丘，跳上他的小船。

他把自己的木頭漁網
丟進冰冷的湖水中，等着
他的財富出現。

漁夫期盼的湖之守護者從水中出現了，手裏握着一個純金做成的漁網，網子裏頭裝滿純銀做的魚。「善良的漁夫，這是你掉落的漁網嗎？」湖之守護者問。

漁夫瞪大了眼，滿心歡喜地接過金子
做成的漁網。
　　「是的，這正是我扔進湖裏的漁網！
這些正是我捕到的魚，
這些都是屬於我的！」

湖之守護者洞悉這個男人的詭計，說：「你不是個誠實的人，你不但得不到金漁網，連你自己的漁網也別想拿回來！」

湖之守護者一下子跳回水裏，金漁網和銀魚也隨之消失了，只留下漁夫一個人待在小船上，連自己的漁網都失去了。

思考時間

1. 樵夫只掉了一把斧頭，為什麼湖之守護者最後卻把三把都交給他？

2. 漁夫為什麼要將漁網故意扔到湖裏面？

作者介紹

　　奧莉維雅‧荷登 (Olivia Hussey)，來自英國蘭開夏郡，是一位自由接案的繪者。2015 年畢業後，她便一直與來自全球的各式出版商合作。她愛使用不透明水彩、鉛筆和蠟筆來展現不同的畫面質感，同時也樂於讓作品回歸最純樸的本質。她喜歡參訪不同的城市，從沿路上那些不同的建築物、食物與人羣中尋找新的靈感。她所有的繪畫作品幾乎都來自日常生活以及她周邊的世界，不過有時候，就像這本書裏的故事，她會到一個屬於她自己的幻想世界中旅行。